চুকনগরের শীতবৃত্তান্ত

BY

দেবাশিস তেওয়ারী

ISBN 978-93-5438-402-8
© দেবাশিস তেওয়ারী 2020
Published in India 2020 by Pencil

A brand of
One Point Six Technologies Pvt. Ltd.
123, Building J2, Shram Seva Premises,
Wadala Truck Terminal, Wadala (E)
Mumbai 400037, Maharashtra, INDIA
E connect@thepencilapp.com
W www.thepencilapp.com

Author biography

Poet Debashis Tewari is a brilliant personality of Bengali poetry of this period. This is his tenth book of poetry. In this book of poems, as there is talk of Panthajan, there is also talk of upper and middle class community. He looks at society and civilization from different perspectives, not only in urban life, but also in his poems about rural confusion and helpless people.

He looks at poetry from different perspectives. He is perfect at breaking the rhythm of regular poems. Adequate experimentation with style is also one of the features of his poems. Each of his books of poetry is a complete document. Sometimes personality and individuality are all in this book of his poetry. It is a brilliant addition to the present modern Bengali poetry.

Contents

অদ্ভুত জড়িবুটি

অসুখের কাব্য

কী-আর করার

ফ্লেক্সিবল হিস্ট্রি, দ্যা আর্ট

বন্ধু যখন ই-মেল করছে

প্রেম বনাম ধনতেরাস

আনন্দ ছবির মন্দ

চুকনগরের শীতবৃত্তান্ত.

আ-কুইন

সাতাশের তরজা শোনো

একটি কর্পোরেট কবিতা

বাঁধ ভেঙে-দেয় একহাঁটু জল

দর্শক মনেমনে ফিদা

বা ই-এর বাংলা ইংলিশ

জন্মদিনের কান্না চাপা

দার্জিলিং-ও সজাগ

ঠান্ডা ঠান্ডা কুল কুল

তাহলে শীতই-বা কেন...

ঝরে-পড়া নগরের রেইন

Name of Poetry

চুকনগরের শীতবৃত্তান্ত

Name of Poetry & Author

চুকনগরের শীতবৃত্তান্ত

দেবাশিস তেওয়ারী

তেল থেকে উঠে-আসে

গলায় জড়ানো সিন্থেথিক নেটের স্কার্ফ

ডেনিমের-প্যান্ট অ্যান্ড টপের সঙ্গে ঘোরে দারুণ মানান,

ইচ্ছেমতো রিল্যাক্সের কানে

হাওয়া দিচ্ছে। কাথিয়াওয়াড়ি এই শালটাল

নীরাকে পৌঁছে-দিল সাগরমেলায়

অলিভ— ক্যাপসিকাম— ফ্রাইপ্যান— আর, দু-পিঠ

সোনালি সরু

কন্টিনেন্টাল হয়ে যাক,

আঁচে তেল, সমস্যায় গাদাগুচ্ছে কালি

নীরার পিঠের ছোপে প্রিন্টেড, বুমিংডেলে

স্বস্তিকার মার্কিনি-শাড়ি

মা-র সঙ্গে সেঁটে ঘোরা, কিংবা কোনো আত্মীয় বাড়িতে গেলেটেলে

আটপোরে হাল্কা শাড়ি, স্ব-ভূমির দস্তকরি

ব্লাউজের সঙ্গে দিব্যি মেরুন বাঁধুনি, ডোরা
গরম-চাদর,
মেলা থেকে কবিতার থিমে-আটকে স্বস্তিকার
তেল থেকে উঠে আসে, স্বভূমির কুড়কুড়ি—
গায়ে হাল্কা শীতকালীন জ্বর

গ্ল্যামারের বিয়ে

গ্ল্যামারে টপিক সরু বুদ্ধিদীপ্ত মনন ঝরুক
তৈরি হোক কাপুচিনো— ডুয়েট, লাটে ডুয়েট বুক
কফির ছোঁয়াচ কাটে সংশয়ের ইদানীং রঙে
আকাশ সলিড, তাই বৃষ্টি-গুঁড়ো মুছে-দিল জঙ...
সকালে বাজারে ছোটে, স্বাদে-গন্ধে চকোলেট চিপস
কোনোটা ক্রিমের জন্য, ফ্রেশ-কাপে চুমুকের টিপস ?
গুয়াভা-গুডনেস-স্মুদি শেকস করে, স্বাদ ভেস্তে-যায়—
ক্লাসিক, খাওয়ার সোডা, ফ্রেশ-লাইম, মিন্টের চড়ায়
খাদে কান্না, চড়া সুর— খোসা ওঠা টমেটোর স্বাদ
এই ক-দিনের সেদ্ধ 'ফ্রিজে রেখে আগামাথা রাঁধ'
বেঁধেছ রাঁধনিচুল—নুন, কান্না, পার্সলে চড়িয়ে
আজ ঠান্ডা, কাল ইচ্ছে, কুঁচি দেওয়া গ্ল্যামারের বিয়ে

জাপটে-আসা মেমেন্টোদের নগর

ত্বক তুলতুল   জরুরি টিপস
যত্নে ভাসে ক্ষার
তৈল কাটে   শুষ্ক চুলে
আর্দ্রতা কে ক্ষার
চড়া রোদের   ডি, ক্যারোটিন
বেগনি রোদে ওকে
জল ঢেলে সেই   খাদ্য বানাও
তেস মারা যাক চোখের
চোখের ভিতর   অ্যামালগাম আর
দাঁতেও অ্যামালগাম
ইচ্ছে-হাওয়া   হাতড়ে বেড়ায়
যাদের যেমন নাম
নাম রাখঢাক   অনুষ্ঠানের
বিনোদনের পরে

অল্প আলোয়   চোখ জ্বলে-যায়
বডিটা তো পরের
হালকা-ভারি   ট্র্যাডিশনাল
পোশাকে রঙ বাছুন
আশেপাশের   জল ধুয়ে-যায়
জল থেকে জল কাচুন
কাচতে-কাচতে   ইচ্ছে-নদী
কাচতে-কাচতে বালি
কাচতে-কাচতে   বেরিয়ে-পড়ে
আরামদায়ক তালি
তাপমাত্রার   লম্বা চুলে
অংশ মেশায় হেনা
হেনার পাশে   বিশেষজ্ঞ
যে-কিনা ওর চেনা
ও-মানে সেই   জাপটে আসা
ফুলঝুরি— নাম : আলো
ওদের ত্বকও   তুলতুলে আর
মেমেন্টো জমকালো
ত্বক তুলতুল   ত্বক ঝুলঝুল

ওদের অনেক নাম
ওদের চোখে   হালকা হাসি
দাঁতে অ্যামালগাম

১৪

মাল্টিপ্লেক্সে বাংলাছবি...

সঙ্গে ঘনায় চুঁচড়ো-কালার, সঙ্গে ধারাপাত

শুটিং-ঘুটিং— কোরিওগ্রাফার কাত

সময় ঝাড়ে গ্যাংস্টার-ডেট...সময় অনুষ্ঠানের

সেলিব্রিটি মুরগি বানায়, ট্রিবিউটের খানেক...

ট্রিবিউটির মাথায় ছবি, টাইটেলে রোল ঠিক

ওঠার পথের আপত্তি কম— পেনাল্টিতে কিক

ঠিক ক'রে নেন বাবুলকুমার, কমই-বা কী পার্নো ?

মনিক্সোয়ার সিনেম্যাক্সের গিলিয়ে-দিলেন চারনোট

নোটের ফুর্তি...কৌস্তভ রায়— ফেসবুকে, অরকুটে

মাল্টিপ্লেক্সে বাংলাছবি, এই যায়— যায়, ফুটে !

ফিস্টের নগর

সম্পূর্ণ শান্তির দ্বার

অরণ্যের মহাভার

জীবজন্তু হিন্দু-কলেজের

শিকারী অ্যাংলিংকারি

নদীতে র‍্যাফটিং— তারই

পরে ঘটে কপালের ফের

কলেজ সীমান্ত জোড়া

সোনাই-রুপাই ওরা

পথে পথে চলে-গেছে প্রাণ

কিছুটা সবুজ-পথ

ঝিঁঝির অদ্ভুত-স্পট

ইশারায় খুঁজে-গেছি ত্রাণ

ফেরার নজির অল্প

বিচওয়্যারের গল্প

শীতে ভাসে উইলিয়াম-লিস্ট...
এরপরে রুচির চাপ
দিনে পুজো, রাতে পাপ
অনবদ্য সেদিনের ফিস্ট

শীতে ভাসে উইলিয়াম-লিস্ট...
এরপরে রুচির চাপ
দিনে পুজো, রাতে পাপ
অনবদ্য সেদিনের ফিস্ট

চিলে-চক্রাধারের রাতে

গ্রীবার আকর্ষণে
ভালোবাসার শ্যামল হাতের ছোঁয়াচটি ও-কনের
স্মৃতির দহন উগরে-কাঁপে, প্রান্তিকে লোভ-লোভন
কখন যেন ছিটকে-বেরোয় চক্রাধারের গোপন...
বুকের ওমের খানিক-নীচে মোহিনীরূপ ধরে
প্রবাল রঙের স্তন, ভিতরে রক্ষিতা, ও-পরের
পরের টানে সামলে-আসে কামিনী যার নাম
রেখার কথা বেকার হঠাৎ কেনই-বা বললাম
আঁকশি দিয়ে মেঘ পেড়ে-খাই, ফুলকো মেঘের মমি
পায়ের নীচে যাজ্ঞসেনী, পাঞ্চালদের জমিন...
ভিনি-ভিডি-ভিসি এখন কলম্বিয়ান ঝড়
ছোঁয়নি সুরের উষ্ণতা বা ছুতোর মেঘের ধড়
ট্যাঙ্গো মেঘের খবর ব্যাচে একচ্ছত্র কুরু
এমনি-কী-আর প্রস্তুতি পায়— ক্ষেত্রে ঘুমান গুরু—

হিরন্ময়ী লসসি করেন কালিদাসের মেঘে
ক্লাসিক ক'রে মেঘ চেখে-নেয়— পদ্মপলাশ বেগে

মেঘের যুগে নন্দিতা, ওর ভালোবাসার কাজল
আদিগন্ত ফুঁসছে হাওয়ায়, জলে ভাসছে আঁচল
আসল রূপের দৃষ্টি খেলো কৃষ্ণমায়ার কিং
একবছরের রক্ষা-কবচ, আফগারি চোখ— হিং...
বিদেশ থেকে আসছে হাওয়া, টাকার ছেলে-মেয়ে—
এতে সবাই ক্ষতিগ্রস্ত...ক্ষতিতে গান গেয়ে
মাকড়ি গলায় সাক্ষী-ফোবর্স, ডেমোক্র্যাটিক বেশ
কেমিক্যালের ঝোড়ো-হাওয়ায় ঝুলছে এসব কেস

শ্যামাঙ্গীদের অঙ্গ-ছোলা
কালো-ভিনাস আলোয় গোলা
বরফ-চোলা পুরাকালের শাড়ি
শুরুর দিকটা অন্যরকম
সকালগুলো হঠাৎ কখন
পথ দেখাল পুরাকালের গাড়ির

বাড়ির পাশে আরশি-রো-তে দ্রুপদ-ই চান করে

পুণ্যবতী যমুনা বয়, কাজ করে না ঘরের

নির্বিকল্প, মলিন মুখে দাঁড়িয়ে সবাই, আর

বুঝল বাবা সক্ষম দ্রোণ, মহিলা যার যার—

ফাঁকফোকরে ঢুকল না কেউ— সক্কলে আজ চিলেকোঠার
রাতে,

কিন্তু ওরা বসবে না-তো কেউ

পঞ্চাশোর্ধ সবাই গত

দাপিয়ে-বেড়ায় তারই একচুল ঢেউ

এমন চিলে চক্রাধারের রাতে

মিলিওনেয়ার

প্রাণ আছে, তাই গান আছে
ইলেকট্রনিক-কৃষ্ণা যেন সদ্য সময় খায় বাচে
কাজের রিলিজ হিট-করে আর শাকিরা গান করে—
অনেকদিনের তথ্য চাপা মিলিওনেয়ার পরের...
পরের জুমে ইলেকট্রো-পপ, পরের জুমে হাসি—
হোয়েনএভার হোয়ারএভার— ইংরেজি চাল মাসি,
মাসির গলায় কাগজফুলের লম্ফ-ঝম্প গান—
ইচ্ছে হলেই চায় না বাজতে, দশ বছরের মিলিওনেয়ার
উল্টা হাওয়ায় সন্দেহ খানখান...

নগরপাশে অসুবিধার চড়া

ঘটে কলা, গোবিন্দের-গো' আদৌ ভাবছে না-তা, তাই
ক্রিনের ভিতর দারুণ গন্ডগোল
অমূলক নয় দাপুটে এক রোল
গত মরশুম থেকে ক্রিজে ছিল— সম্পর্ক মধুর
কিন্তু উন্মাদনা এসে হইহই বাধিয়ে-দিল
উনিশের তরতাজা, ঝরঝরে-ইংলিশ সাথে
হ্যান্ডসাম বোল-বোলিয়েরা

'রেস্ট-ডে' নামক এক মিউজিক অ্যালবামে নাকি গান আছে
ব্যাটে-বলে মিউজিক— অ্যালবাম— ডিপেন্ডেবল
জাস্ট ডিপেন্ডেবল
তিসরা কোনো তির থেকে প্রজেক্ট ধরার প্ল্যান—
দুর্বল ! দুর্বল !

অভিজ্ঞতা জানতে-এলে চেষ্টা-চালাও আন্ডারডগ

লো-প্রোফাইল হিসেব-দেখাও ব্যাগের

বেশ-জোরে আর আলগাভাবে সিরিজ থেকে খামচে-আসে

ধুমধাড়াক্কা মোকাবিলার ধুম

ব্রেক জোটেনি ইন্তেকাম-এর পরের আলোচনায়

'যো-বোলে-সো-নিহাল' থেকে ফন্দি আঁটে

প্রজেক্টর ও-লামা

বন্দি আমি বিপণনের যুগে

কাপাডিয়ার দেহের থেকে সাঁতরে-এল রাজকাপুরের 'ববি'

কথায়-কথায় কথাই চড়ুক

ভোজনটোজন সপাটে চড়-মারে

টিকে-থাকার প্রশ্নে এখন সব-নায়িকাই ভাসাল খড়কুটো

প্রযোজক আর পরিচালক দারুণ দারুণ

রাওয়াল পচিশিয়া

খোলাশরীর খোলামশরীর শিল্পী নাকি নায়িকা আর

নায়ক নিহাল সিং

'পাবলিক-কী খাচ্ছে দ্যাখো' পোশাকের-ও খুল্লামখুল্লা ভাব

প্যাটার্নফ্যাটার্ন খাবলে-খাচ্ছে ডিজাইনার গার্লফ্রেন্ডরা

ব্যানার নিয়ে হাঁটছে তো হাঁটছেই

হিসেব এটাই— পৌঁছনো যায়— স্টাইল দ্যাখে সিঁড়ির পরে সিঁড়ি
খানিক পরে মেলবন্ধন, সামলে-রাখা লাইটমার্কা বিড়ি
কোম্পানির এ-চটকদারির
নজরদারির ভাঁজেই ছিল
নাচের পরে নাচ—
এগিয়ে-আসে চরিত্রদের আঁচ
কিন্তু, লক্ষ অন্য ছিল— 'ইশক সমুন্দর'
নাচার ঢঙটি রপ্ত-করার সুযোগ-পাচ্ছ রাস-উত্তর গানে,
বয়সগুলো ছুটছে হাওয়ার উত্তুরে-হাওয়ায়— আর
দাঁড়িয়ে-ছিলাম আমিই প্রযোজক !
স্প্যানিশ লিগে বার্সিলোনা যেমন ছিল সময় থেকে স'রে
প্রযোজক-তো ম্যাচের শেষে— উঠতি তারাই
পাওয়ার সিঁড়ি ভাঙে—

বিপুল সম্ভাবনার নীচে আমার ছোটো-স্কুল
এগিয়ে দিচ্ছে, সদলবলে ভালোবাসার ফুল,
বলিউডির ট্র্যাশ দেখে-যায় তাদের খিদে-অভাব-দুঃখ
দিওয়ার হচ্ছে পোস্টারে আর ফ্রেমে,
স্মৃতিশক্তি হাঁটছে কেবল মেমারি পাথওয়েয়,
ফ্রন্টালে আর টেম্পোরালে এখন—

এখন আঁটকে-আছে
ঘুরিয়ে-বলা বিপণনের কথা।

অল-আউটে মশার দাদা হতাশা আর ঐক্যবদ্ধ প্রাণ
পেল না গাজোয়ারি
সন্ত্রাসবাদ আখ্যা পেল লেসিথিন-এর কোলে

পান্না-সবুজ পাহাড় থেকে অক্সিপিটাল— চাঁদের বাড়ি
সামনে হাঁটু
অসুবিধার চড়া!

নেটিজেনশিপ্ট

নজরে নজর কাড়ে, গঙ্গার জলও বেড়ে-গেছে
খাঁজেখাঁজে ভরা-আছে মেলবক্স, ব্লগ, লগ-ইন...
আরও খানদানি বোল ব্রডব্যান্ড বিভীষিকা, প্যাকেট সুইচিং
এখন গঙ্গার জল দাপিয়ে-যাচ্ছে স্ট্যানফোর্ড
ভারিভারি ইস্তাহার...গুগুলের চেনে...
সিস্টেমের বারে আর হিসেবের ঘোরে
বার্তা আসে বার্তা যায় ভারতের চিনে

অ্যাডভান্সড রিসার্চ থেকে তৈরি-করা মাকড়সার জালে
কতশত টুকরোটাকরা খবরের প্রাণ
হুটোপাটা ক'রে-যায় ব্রডব্যান্ড মেনে
মার্কিনী সন্ত্রাসে ছায় L-0 খবরের ভিড়
সে-যুগের যোগাযোগ অনুন্নত-টেলি...
তাই—
বিবর্তনের কথা মেনে

পৃথিবীতে ছ-জনের প্রতি-প্রতি একজন এখন—
এখন নেটিজেনে।

27

দবাশিস তেওয়ারী চুকনগরের শীতবৃত্তান্ত

পৃথিবীতে ছ-জনের প্রতি-প্রতি একজন এখন—
এখন নেটিজেনে।

জন্ম শেষে জন্ম থেকে জন্ম ঘুরে

বাড়িতে ফ্রিজও নেই চৌকাঠে ট্রেন্ড এসে-গেছে

এই ট্রেন্ড ব্যাপারটা ফ্যাশনের-দুনিয়ায় কড়াকড়ি সতর্কতা আনে

ছোটোদের ফ্যাশন-স্টেটমেন্ট

দুর্দান্ত-আউটফিট দেখতেও আশ্চর্য লাগে

ছলে-বলে-কলে ওরা বুঝে-নেয় বিকেলের কথা

বেড়াতে-বেড়াতে ভিড়, বেড়াতে-বেড়াতে কারিকুরি

পটল-চেরানো ওই চোখদুটো চেয়ে-থাকে ফ্যাশনের দুনিয়ায়,
শিরশিনিতে

শরীরের স্তব্ধতাও বুঝে-নেয় কেশদাম কোলেস্টন পারফেক্টের
নামে

এই আসছি, এই ভাসছি— মেয়েদের পানশালে

ছোঁড়া-ছোকরা-বারটেন্ডার, উল্লসিত অফিসার, উল্লসিত ভারতীয়
নারী

গুটিগুটি পায়ে রেশ ফ্ল্যাড হয়ে চলে-গেছে, গলা থেকে পা অব্দি
জরিবোনা শাড়ি

এবারে রিলিজে এল 'ওম শান্তি ওম' যার

মডেলিস্ট দীপিকাই এ-ছবিতে হিট করে—শাহরুখ—থাক
শাহরুখ

একলপ্তে এসবের কতটুকু লেখা-যায়

এক-দৃশ্যে দীপিকাকে আগুনের হাত থেকে উদ্ধার করেন ওম,
জুনিয়র-আর্টিস্ট

একপর্বে মারা-যায় প্রথম-জন্মের ওম, প্রথম-পর্বের শান্তি,
প্রকাশের মেয়ে

তারপর জন্ম শেষে জন্ম থেকে জন্ম ঘুরে অপার জন্মের তুষে
আমার আগুন

ঘরানায় ঢুকে-যায় ঘাগরার সবুজ-ঝরনা,

গ্রামের সবুজদৃশ্য বন্যপ্রাণী-টানি নেই

চঞ্চলঝোরার জল এঁকেবেঁকে নেমে-আসে বাজারের মাঠে

জন্মের বন্ধন থেকে ছিন্ন-হয়ে যারা আসে

তারা ওঠে

তারা খসে

তারা ফুটে-যায়

যে-রাঁধে, সে চুল-টুলও বাঁধে

পার্কের বেঞ্চ-বসা আলো-ছায়া গেম
দুর্বল জেলানো-জিভ, কুড়কুড়ে নেম
ব্লু বেরি-রোচার-কিট— ঘায়েল হয়েই
তুলতুলে শাঁস-অব্দি গেছে

তারপর নামামাত্র— সাদামাটা খিলাড়িয়ো,
সাজানোটা পুরোপুরি সেম
তখনও দাঁড়িয়ে-কাঁদছে জ্যেষ্ঠের-এ কাঠফাটা-প্রেম
দারুণ তেষ্টায় আম ল্যান্ড ক'রে-নেবে
আলফানসো প্রাণরাও না-ভেবে না-ভেবে
অতৃপ্ত গরম-ভাপ চেখে-নেয় স্বাদে
কী-জন্য, কী জন্য—
তা-কী ভাবো ?
যে-রাঁধে, সে চুল-টুলও বাঁধে

যারা-খায় তারাই লেখে

ও-জলের গরম আভাস

ভাপের ওপর চাবকে-ধরো

মুখে-তোষ, টাচ না-লাগার, মুখে-তোষ

আঁচ থেকে গা বিছিয়ে-তোলে

মুখে-তোষ, পুডিং-গাঢ় ক্রিম-করা মন

ঠান্ডাজলে চুবিয়ে-রাখে

সে-জলের হিসেব ভেড়ে গানাশের একটা-লেয়ার

প্লেন-করা-মাল এলিয়ে ঢালাও

আকাশের চামচ-চিনি ভ্যানিলার এসেন্স মেশায়

ঝড়-জল কমলে পরে আঁচে চোখ ছিটিয়ে-বেড়ায়

যে-তাপের মিশ্রণই সর ছড়িয়ে-রাখে

পরে জল বাটার চাখে

মুখে-তোষ, ফিলিং দেখায়

কিছু দুধ ফোল্ড হয়ে-যায় সীমার কাছে

বাকিটুক অল্প জলে ভিজিয়ে রেখে
মনে-তোষ, অন্ন ছেঁকে
পরিবেশ লেয়ার থেকে
বাতাসের আধপোড়া ঢেউ খাচ্ছে কে কে ?
কম-আঁচের সময় এখন— লাখোয় লাখোয়

যারা-খায় তারাই লেখে !

পুরস্কারের টোপর ছাড়ো...

পুরস্কারের টোপর ছাড়ো, আরোর প্রভু প্রভুর আরো
শ্যামবাজারের রাস্তা কারও একার নয়
তিন বা চারের পকেট ঘেঁটে ডো-স্লিপ পেলাম, পরের নেটে
স্লিপ-কনসেপ্ট হাঁটছে কিনা সেটাই ভয় !

ভয়ের গদি হাওয়ায় ওড়ে, শ্যামবাজারের রাস্তা চ'ড়ে
এই এসেছি, ক্লাব-ট্লাব সব যা-দূর !
দৃশ্য-গোটা যুদ্ধজয়ের, শুটিং-টুটিং কূ নয়-ছয়ের—
ড্রিবলিঙে বল, পায়ের গোছে জাদু !

জাদুর চোখে চাঁদের আলো, মাঠের পরে মাঠের শ্যালক
হাত বাড়াতেই খেলার স্মৃতি টানে—
আহা, মাঠটি কী-লঙ !
এ-দিন থেকে সে-দিন মানে সপ্তপদীর কয়শো বছর

কয়শো কথার কমেন্ট্রি এক— সবুজ মেরুন গানে—
যেটা জার্সির রঙ !

দেবাশিস তেওয়ারী   চুকনগরের শীতবৃত্তান্ত

কয়শো কথার কমেন্ট্রি এক— সবুজ মেরুন গানে—
যেটা জার্সির রঙ !

মিতাক্ষর ঘুণপোকা খায়

মূলমন্ত্র ঠিক, ঠিক তাই

আসল রহস্য তেলে ওয়াক্সিং করি

মাজেসাজে চুলকে বানাই

সে-ও, সেও একবার— হাসিমুখো-ওয়ার্কআউট...

অদ্ভুত ডায়েট ঠেলল, নেয়াপাতি ভুঁড়ি বাড়ল

বুড়োদের মাজা-পাছা— এতগুলো খুঁট

সব ঠেলছে, ঠেলেঠেলে ছুঁয়ে-দিচ্ছে হাতা থেকে গলাদের পুট

উপড়ে-কী সোজা করব ? — উৎসাহী-যে বন্দনাই গায়

চকচকে কৃমিদের প্যাঁচাল স্টেপের পাশে

মিতাক্ষর ঘুণপোকা খায়

না-নড়ে না-চড়ে

পেনসিল-প্যান্ট ভীষণ-রকম ইন

হিউজ পরেছি লুক-প্যারালাল, ঝাপটানো-যায় দিন

দাপুটে-সিন ব্রোকেট-জ্যাকেট ওমছে এ-বছর

চুলের কাঁইয়ে চপচপে-তেল, হঠাৎ একটা চড়

উড়কিধানের মুড়কি ছড়ায়, সুড়কি ওড়ায়

পিছন-কানাগলির

চাকের পাশে অলি—

ওই গুনগুন ষাটের দশক, ফিটিংস-কুর্তা সেট

অন্ধকারে অলির পাশে জেমস কিংবা ব্রেটলি

বল কুড়িয়ে খেলতে-নামেন, খেলতে-খেলতে

শাড়ির কথা...

সাঙ্গপাঙ্গ পাতা-লতার

চারপাশে গাছ, রইল পুজো— মুখরোচক কিছু

নেশার পরে মেশাও মাতাল, লক্ষ্মী-টক্ষ্মী চুর

স্টাইল থেকে বাদ-পড়া ওই গা-র

লেটেস্ট-প্যাশন কেউ খুঁটে-খায়

কেউ উড়ে-যায় পরের বছর— স্কার্টে জড়ায় শাড়ি

ও-বালিকা আর্জি শোনায়— আর্জি তাড়াতাড়ি

চিতঘুমে রাত শ্মশান বানায়

নিন্দাসূচক যা-কিছু সব গালে লাগায়, মাথায় লাগায়

পাথর থেকে পাথর খসে কামানদাগা ঘাড়ে

উনিশ বছর একঘেয়ে দিন

বাস্তুতন্ত্র সম্মতি পায় মহামারির জ্বরে

তবু ওদের কাঁধের পাড়ে ডিজাইন আর নতুনখ্যাতির সিস্কলিস্ট,
যে

না-নড়ে না-চড়ে

অদ্ভুত জড়িবুটি

এ অদ্ভুত জড়িবুটি প্যাশনে পাবেন,
হিলহিলে দুনিয়ার অ্যাক্টিভ-রহস্যে ভাসে এবারকার ধারণাই গেল
।
আদৌ আগ্রহী যারা স্ক্রিনের কোমর-বেঁধে মাঠে নামে— ইশ্‌ !
দেশের দশের ঠোঁটে ঝকঝকে কটুকথা, মুখেবাক্য
গালে চিলতে কিস ।
সে-সব বিশের কেচ্ছা— স্পা-মাড-বাথ-বায়োথার্ম
নতুন রহস্য— ব্র্যান্ডি— মজার ট্রিটমেন্ট ঠ্যালে ঠিকুজি—
ফেয়ার হ্যান্ডসাম,
যেমন দেশের রাস্তা, বড়ো যারা বয়ফ্রেন্ড
আজকাল তদারকি করে ।
স্টিরিওটাইপ থেকে উলোঝুলো দাড়ি খসছে,
নেয়াপাতি ভুঁড়ি ধসছে
সুন্দরীর ঝড়ে ।

অসুখের কাব্য

অসুখের কাব্য থ্রিলার, বিসুখের ভাবনাগুলোক
পালিয়ে পথ খেদালেন যে-এখন যাচ্ছে চুলোয়

গল্পের প্লটের মতো ও-চুলের ব্যাকলাইটে
শব্দের জাতীয়-খেলার টানা-চোখ কী খিটখিটে !

মেজাজের মন্দ-ভালোয় দোষে ঝোল তিক্ত হল
ক্লান্ত মা-মরা প্রাণ, কাকে আর বলবে শোলোক ?

কাকে আর তুষবে আলোয়, পথ্যের দায়িত্বভার...
গৃহিণীর মুচ্যতে সুখ— সে দায়ের নানান বিচার

সে-দায়ের এক্সপেরিমেন্ট ? ফাঁকা মাঠ, থুথুড়ে কিক—
অসুখের কাব্য এখন সিনেম্যাটিক

কী-আর করার

দৃশ্যগুলো ভীষণ স্টাইলিশ
পারো-চন্দা-চুনি থেকে উত্তর আধুনি'...
সব— 'আই মিন ম্যাচ অ্যাডো অ্যাবাউট নাথিং...'
ডেভিড তরুণ, চিজ
লেনি— চন্দা— চন্দ্রামুখী বেলো ক'রে সরে-যান— ইশ্
মমতা, বামফ্রন্ট না-কি মন্টেক সিং
রাজনীতি হাওয়া দেখে সম্পত্তি— রেজিস্টার—
উইল করুন
আসছে মে সিরিয়ালে মালিয়ার জুন
রাজ্যের কাজের চাপে বাজার গরম না-কি আস্থাশীল
তাই বারে-বারে
পাহাড়-টু-সমতল, বিমল-টু-মাওবাদী—
অভিনয় এখন ফেরারে
ছ-টা থেকে টায়ারিং...অভিনেত্রী স্কোপ পায়—

বিসদৃশ্য, মিলনে সক্ষম,
কী-আর করার, শুধু রকে বসে ফুর্তি করো
মাঝেসাজে দম মারো
দম

ফ্লেক্সিবল হিস্ট্রি, দ্যা আর্ট

পূজার্চনা, নৃত্যগীত, খুঁটিনাটি— জন্মের সময়
বয়স ধরার সাথে শত-শত মধ্যযুগ ক্ষয়

পৃথুলা পেটের ভাঁজে জেটযুগে ক্রুজ-ট্রুজ নিয়ে
হাত-পা নেড়ে সারা ঘর দাপিয়ে বেড়িয়ে

ল্য-নেমফিস ঘাটে দেখা 'খ্যাত বেলি-ড্যান্স
দেহের মধ্যিখান সাদা
পলিথিন-ছাওয়া এই ফুটপাথে পথ্য নেই
রাত হতে সব-শালা ঘুমিয়েই কাদা

ব্লাউজ মাথায় নিয়ে মালপত্র ডাঁই ক'রে রেখে
ড্যান্স দেখছে ঘর ঘুরে উলঙ্গ প্রত্যেকে

পশ্চিমি ক্যাবার— বুফে— এ রাকস শারকি

সেমিটিক খ্রিস্টান— পাঁজিপুঁথি— অল্পনুন
স্বাদমতো কেনাকাটা বাকি

ইশো-ক্ষমতার পাশে খাঁড়া ওই প্রথম মসজিদ
সীমিত ফুস্তাতে যার দরজাগুলি ইরনের হাড়ে

তৈরি-অতীত ফর্মা টানে তার প্যাপিরাস ভাষা
ব্যাবিলনের প্রাচীন দেওয়াল কারো নজরকে কাড়ে

বাক্সে রিবন আঁটা মশালাতে জিরে
ঠাস বুনটের ক্রেপে স্পাইসকে চিরে

কী-আশ্চর্য দেখছে-না-কেউ— ব্রাউন রঙের বোতল
'আয়, ড্রিঙ্ক আয় ঝড়ের বেগে', ঘুলন্ত অ্যালকোহল

ওরোমান স্ট্যাচু আসে কপটিক ভাষায় ভাসে
পৃষ্ঠার পুঁথি
এতদৃশ্য একসাথে— প্লেটোনিক প্রেক্ষাপট—
মনেমনে ইতিহাস কুঁদি

বন্ধু যখন ই-মেল করছে

বন্ধু এখন ই-মেল করছে, উইলবারের বাবাও নাকি ই-মেল করত
উপার্জনের শুরু...
সুজান ওদের অঙ্কশাস্ত্রের বিশ্বব্যাপী গুরু
গুরুর কানে টেলিফোন, প্রয়োজনের হাতের মুঠোয়
গ্রাহাম বেলের বাবা
—'বলতে পারিস ওয়েবজাল কী ? ' (শিশুকালের সাবাস...)

হাইটেক-ফ্রেন্ড বন্ধু ওরা, সিগন্যাল পায় ইচ্ছে-ঘোড়া
ছুটছে কেবল ছুটছে
গড়-কলিজার কম্পুটারের আকাশ ব্যেপে ঘুঁটছে
উল্টে-আসে অনন্তমিল
ইলেকট্রিক্যাল গ্রাফিক্সে ছাই তিল
স্পিডমিটারে চিরখণী— বেয়াদপের ঘোড়া
খুব গুল খায়, ঢপ দেয়— মূল কাঠামোটার সিন
খানিক জানে ছোঁড়া

ইচ্ছে-ঘোড়ায় চাপিয়ে আকাশ মাথার উপর ঘুরছে,
দূরে বহুদূরে হিল
সন্ধেবেলা বিছনা পাশে, ছোঁড়ার আকাশ মুখ লুকোচ্ছে
অনেকদূরের ওয়েবজ্জালে...
ট্রিনিটি...খিলখিল...

প্রেম বনাম ধনতেরাস

প্রেমের পরে প্রেম-ভিলানেল, ব্রতর পরে ব্রতী
খাতার পাতায় কুঁকড়ে থাকে না-নামজাদা সতী
কনসেনট্রেড বন্দি সতী গার্ডের চাকরি নিল
আতঙ্কিত পৌঢ়রা সব ছিল
ছুটির দিনে আলসে কিনে জল ভরে-নেয় তাতে
পৌঢ়া ওরা ড্রয়িংরুমের গোলাপ।
একসাথে

পরের রাত্রে ঠাকুর দেখে ড্রেস-আপে নিল্ কাটে
বোমকাই মন সূক্ষ্ম তারের সোহাগমাখা চার্টের
ক-দিন ভালো-মন্দ সেরে লাকি-ড্রয়ের সতী
ঝলসে-দিল লাইফগড়ন ম্যাজিক ক্ষমতায়

সবাই জানে ধনতেরাসের ক্ষতি

আনন্দ ছবির মন্দ

আনন্দ ছবির মন্দ, ভালো, যাকে ঈর্ষাপাত্রে রাখি
ঈর্ষার পিছনে পর্দা নোনা-ধরা ছাদ
কিছুটা কষ্টের রোদ্র, কিন্তু, চেনা দৃশ্যটি সহজ
পাত্রের অপাচ্য ব'লে কিছু নেই, কিছু নেই
এত ভেবে তারা শুধু রি-অ্যাক্টই করেছে।

সহজদৃশ্যের মধ্যে সাইকিক একজন
বাকি-পাত্রে সিঁদুরের খেলা
এত অবহেলা করে কংক্রিট গড়েছ, তাই
চিনাপাত্র বেছে বেছে বাদ।

আনন্দ ছবির মন্দ, ভালো, তাকে দেখেছে অবাধে
কোনো যুদ্ধ, কিংবা, কোনো ঈর্ষাঘেরা ছাদে।

চুকনগরের শীতবৃত্তান্ত.

ঘোর কেটেছে সন্ধে ব'লে, বৃষ্টি-ভেজা ব্যান্ড
বুকের মধ্যে রুপালি জল— সেলিব্রিটির গ্ল্যান্ড
এই ফুলে-যায় পুণ্যিপুকুর, পুষ্পমালা— এই খুলে-যায়
বিনোদনের
আটটা চালা।
দিনের রোদে শিল্পী আসে, অল্পজলে দুধ
মিষ্টি খিদে হাতড়িয়ে-খায় খোয়াক্ষীরের প্যাড়া
সামনে হঠাৎ রাশ-টানলেন, কেমন শিল্পী গ্যাঁড়া ?
গ্রাম মিশে-যায় চুকনগরে
সকাল থেকে রোদ না-ঝরে
গাছের পাতা সমস্বরে...
জোটাল অর্বুদ।

গাল ভরানো লুটোপুটির পাগলা-হাওয়ায়— সৌরভ শইকিয়া
শবসাধনার পাঠক খুঁজুক প্রিয়ার মাঝে পিয়া।

মানে অসীম, সাঁতরে বেড়াও— একডালিয়া— বিমল দাশের
'হবি'

ডিভান থেকে হাল্কা-চালে— হাঁ-এর মধ্যে লবি

রঙিন মাছের পাইকারি রেট বিষ্ণুপুরের ফুঁয়ে

প্লেন-ওয়াটার— মাছের বাহার— নুন, মেথিলিন ব্লুয়ে...

ব্লুতে রঙের মুক্তো-সাঁটা— লতা-পাতার আলো

জ্বলছে-নিভছে শংকরপুর, জোনাকটি জোরাল,
তাহে ইচ্ছেব্রত পালো

ব্রতর মধ্যে ডিভান আসে, হাল্কা-চালে, হাঁ-এর মধ্যে উপকূলের
ছবি

আকাশ পেল ভালোবাসা, বাতাস গোনে সাঁতরাগাছির রবি

ছবির চোখে গ্লকোমা, তাই সমস্যাটাও কমে

যখন-তখন দেখতে পায় না বিন্দী-অনুপমের...

জমির প্রশ্নে অরণ্য পায়— অরণ্য উমরাও

শাদোল জেলার আমাঝিরিয়ায়, কাটিয়া ও রামপুরের দূরে
নয়া মাঙধার গাঁও।

খানিক প্রশ্নে জটলা গড়ায়, অরণ্য পায় গণতান্ত্রিক বিলে

গোল্ড ও ওঁরাও, বৈগা, কোলের অদ্ভুত ও-আপিলে

পিতৃতন্ত্রে ধস লেগে-যায়— নামের পরে পদবি তো নেই
সার্টিফিকেট, পাট্টা— ওসব একের ইচ্ছেতেই
হয়নি তা নয় । ঘটনা তো 'উরাও তোলার'— সংঘর্ষের তীর
নজর কাড়ে । বনবিভাগে মারদারিদের ভিড়,
ভিড়ের জ্যামে অর্থ খেলেন দালালরা আর বাকি-অর্ধ মহিলাদের
আঁধিয়ায় সাত-লাথি ।
কাতির পরে বাহক মশা, উশার মুন্ডে কাতি
জে এম এসের বিস্তারিত দাবিপত্রের আন্দোলনেও ঝাপসা এখন
মাতাল উপজাতি
জবকার্ড-টার্ড কয়েকজনের— অন্তোদয় কার্ড
রেশনও নেই এদিক-ওদিক উড়ছে কিছু বার্ড
বার্ডগুলোদের মধ্যে 'রেগা'— উন্নতিতে ভয়
ভূমিয়াদের শালের পাতায় ভূমিজদের জয়...
জয়ের ভয়ে তেন্ডুপাতা আর মহুয়ায় কয়েকদিনের কোল
ইমতিয়াজরা 'চুলহা' রাঁধেন— ছটের পুজো— ঝাল ফুরোলেই
ঝোল
নির্ভরশীল অন্য-খাতে উৎপাদনের বনে
দালাল-চক্র-ব্যবসা-জাতি কোণঠাসাদের কোণে !

জাগছে জেলা, পার্কে পুজো, জ্বলজ্বলে চোখ— দুর্গাথানার ওসি

ছটপুজোটা রুখতে গেলেন বিচারপতি ধানমন্ডির তাপস
সতর্ক হন । মন্ত্রী জানান, কর্মশালার রক্তে মেশে আপস
প্রতিপাদের ধন্নাতে, আয়, সবিস্তারে বসি

কোণঠাসাদের মধ্যে তখন— কানাই মন্ডল, কনেক মোল্লা
এই দু-একটা নাম
বয়েতগানের মধ্যে এরা পাচ্ছিলেন কী দাম ?
বয়েতিদের শিল্পপ্রীতি— সরোবরের জলে
কুঁচবরন কন্যারে যার কোমরে জল টলে,
বৃষ্টি মেশে শুক্নো তেতোয়— দুঃখ ভাঙে দূর
লোকজীবনের ভাঁটারটানে লুপ্ত এসব সুর
কেউ পোঁছে না গ্ল্যামার ব্যাচে স্পনসর্ডদের কাছে
দাগ কেটে-দেয় দো-আঁশলা-মন— মেঘমল্লার নাচে
মেঘবরন দুমড়িয়ে-যায় ট্রপিক্যাল ক্লাইমেটে
ঠান্ডা-জলের কাচ্চারা আয় মেরিন-টেরিন ঘেঁটে
সুর টেনে-দেয় সপ্তপুরে প্লেন-ওয়াটার-ফিশ
এঞ্জেল-টু-ভিসকাস, যার তাম্বি মারে রিষ

কোণের গর্তে খনিশ্রমিক— টাকা— ওসব কাদার
পাত্ররা সব শক্তিধারী, খাটিছে পুরুষ খাটিছে নারী

গাধারা সব উপজাতি উপকূলের ব্রাদার।

সাঁওতাল রায়মণি মাঠে ঘাস কাটিতেন, আর, ঘোর কাটিতেন
সাহিত্যের নিদয়া,
কলম কামড়ে খবর নিতেন পয়া ও অপয়ার
খুব ভালো চাষ সুরের বিকাশ— শুটকি মাছের মতো
দিন বাঁচানোর সোঁদরবনে ফিল্মটুকু অন্তত...
বাহবা পায়, দাপিয়ে বেড়ায়, সমুদ্র সাত তীরে
এখনও গ্যাঁড়া হাতড়িয়ে খায় মিষ্টি খোয়াক্ষীরে

ফসল গেল, জমি চষল— লম্বিসফর মহাভারত ঘুরে
জুটল এসে তন্ত্রপীঠে বশিষ্ঠদেব তখন চিনে ছিলেন—
শাপশাপান্ত ওসব অন্তপুরে,
দিনদুপুরে যুদ্ধ নামে— চাপানউতোর— যুদ্ধ— থুড়ি—
নিদেনপক্ষে ক-ভোট পেলেন পোল?
ক-ভোট পেলেন 'কারবাঁ' ছবি? নাচের মধ্যে সালসা একটু
অন্যরকম
তার রক-অ্যান্ড-রোল—
ইশাবাস্য জগৎ দেখায়, জগৎ থেকে উপজাতির বাড়ি
বাড়ির কথা এখন-তো-নায় ছাড়ি

ওদিকে ওই-উদিকে ওই নাম-না-জানা বকুলপ্রিয়া, প্রোডাকশনের
আইডিয়া

যার কাজ

বছর দুয়েক বন্ধ হলে ক্রিয়েট করার নেশাটা যায়— রিলিজ পেল

হাম আদমি কে ? — রাজ

রাজকে দেখাও নতুন ছবি— সিলেকশনের পার্ট

দিব্যিকেটেও প্রহিবিটেড এগজিবিশন-টেগজিবিশন

মাথার মধ্যে ইন্ডাস্ট্রির চার্ট

চার্টে ঘোরে মামা-ভাগ্নে, প্রোডিউসারের টিম

বছর ঘোরে ছবিতে নয়, দারুণ শীতে বছর ঘোরে

রক্তে আসে জমাটে এক হিম...!

আ-কুইন

মুচকি-হাসির লুকিং লাইক— আ-কুইন
শীত করে। তাই ফ্ল্যাটের ছাদে বাঁধছি-সিন
সিনের নীচে টবের মাটি, ঘাঁটাঘাঁটির আকার,
হাউসকোটের সাইড থেকে যার-পুরোটাই বাঁকা।
শরীর-গাছের আলতো ছোঁয়ায় শিউরে-ওঠেন স্বামী—
চিলতে-হাসির ঠোঁটটা পাশে, গায়ে ফুটছে কামিজ,
কৌতূহলী দৃষ্টি দেখায়— ও-শৃঙ্গারের সন্ধে
স্নানের দিকে যাচ্ছে-বেঁকে, তেল সাবানের গন্ধে।

সাতাশের তরজা শোনো

সতাদের তরজা শোনো
সাতাশের বন্ধু ভালো, উপদেশ-প্রেম-প্রয়োজন
যে-কিনা সাইকেল চায় কয়েক-দফায়
সিকোয়েন্স-রি-ইউনিয়ন পলক-ফেলার উপায় জানে
এর মানে ?

ফটাফট ইংরেজি বল, ফটাফট কী-খ্রিস্টানি—
ও-হরি, হালকা জানি, তার কহানি,
ও-হরি অফিস যাবে ? রণবীর কাপুর চেনো ?
ও-হরি গল্প বলার সূত্র মেনো,
জেনি তাই বলেইছিলেন 'সময়ে অফিস যাব'
অফিসে দীক্ষিতদের দুঃখ তাবড়—
প্রেমে ভুল, চার্চ গিয়ে-ভুল, আরো-ভুল রাস্তা জেতার
ফ্যামিলির টাইপ থেকে টাইম দেদার—

পালিয়ে ঘর-পেল-পথ, পথ থেকে ঘর, ধাক্কা খাওয়ার পর—
ও-হিটের নরম স্বরে আমূল-ঘুসি চালতে পেরে,
নেতাদের ওফ্ কী-ধরপাকড় !
পাকড়ের রাস্তা ফাটা, বিনয়ের স্বভাব দোষে
পাকড়ের দৃশ্য সুইট, জোকারের কমিক-ফোঁসে,
মশালা অনেক খেয়ে, মজা-টের দৃষ্টি পেলেন—
পাকড়ের পশ্চিমি-নাম অ্যারোপ্লেলেন...

একটি কর্পোরেট কবিতা

তারায়-তারায় থিমের চমক

উস্কে-দিল, বাজার গমক

নীহারিকার তৈরি-করা সেল

এই জুটে-যায় রুক্ষপাহাড়

অপ্সরাদের আধপোড়া-হাড়

কাঠামোতে নস্টালজিক খেল

দুই পার্বণ ক্ষতির রাজা

কী শীত-গ্রীষ্ম— গরমবাজার

সাজের উপর ফেস্টিভ্যালের ঘাঁটি

নতুন-হিসেব কর্জে ওঠে

এক্সক্লুসিভ— তারায় ফোটে

ফুটকি-তারার তৈরি-করা পার্টি

হাড়িপ্লা...সিন— প্রহর গোনায়

ক্যালেন্ডারের পাতায় সোনার

হিসেব চড়ে— আবার সরেও যান

এড়ায়নি চোখ বন্ধ্যানারীর

পুরুষরা সব সারি সারি

লাইন ক'রে হাঁটছে যেদিক ফান

বাঁধ ভেঙে-দেয় একহাঁটু জল

অনুষ্ঠানের দ্বিতীয় পর্বে বর্ণওঠার ডালি
বাকি অর্ধে রাগ চড়ালেন বর্তমানের মালিক

গমক যোগে মেঘ-রোদ্দুর-বৃষ্টি মাখা খুঁটি
প্যাচপেচে দিন পালিয়ে-দেখায় মহাশ্বেতার ঘুটিং

তা-ভালো-বই, মন্দকপাল— ছন্দ ঢাকের কাঠি
দু-চার স্তবের বন্দনা-গাই, ঢল নেমে সব মাটি

মার্গীয় পথ পৌঁছে-দেখায় স্বয়ং রবি ঠাকুর
আমন্ত্রণের ময়লা আকাশ কাটতে কাটতে চাকু

রাস্তাতে-নয় ছন্দে ঘোরে হাজারো হাটতলা
ঢল চলে-যায় শব্দখাতে, আটপোরে ও-কলার

বাঁধন কেটে পার-করে জল, নতুন-নতুন দেশ...
প্রজন্মটা ভাগ ক'রে-খায় মহাকালের কেস

মহিমজটের কণ্ঠে চড়ে, সত্রের ঝলকানি...
ওসব হিসেব জ্যাম-এড়ানোর— অক্ষরেখার মানিক

নিম্নচাপের রবীন্দ্রগান খালিরই হাত ধরে
পরের ঝুলে দু'পাশ খেলো, পদ্মকোরক লড়ে,

পদ্মকোরক নড়ছে জলে শ্রেষ্ঠলগ্ন ঢেউ
মধ্যরাতের বেলটা, বাজাও ? তুমি বা যে-কেউ

কেউ-এর পাতায় ছোট্ট কণা, আলাভুলোর মুখ
চুকনগরের সুখ, আহা-সে চুকনগরের সুখ

মুখের কথায় ঝড় হঠে-যায়, বৃষ্টি পরের পেজে
স্তবের পরে ঝরনা, পরে ডার্ককালার ও-ফেজের

দু-পশলা মন ছুটছে-হাওয়ায় মগাশ্বেতার ঘাড়ে,
তাকে

এখন আর-কে কাড়ে?

শ্রেষ্ঠলগ্ন এমনি ভোলা যায় কি? ভোলা যায়?
বাঁধ ভেঙে-দেয় একহাঁটু জল— উৎসবে-বন্যায়

দর্শক মনেমনে ফিদা

দুটো হাত ছবিদের সুর
দুটো চোখ নিজস্ব ভাষা
দুটো পায়ে শুধু ঘুর ঘুর...
দুটো মন অনস্ক্রিন তাসা

তাসার ফ্যাকাশে মুখে রিটায়ার্ড-হার্ট
মিলেমিশে খুলে-যাচ্ছে ব্রেক-আপের চার্ট

চার্টের পঙ্ক্তিনী জুটি— আ
মির-সঞ্জিদা

প্রত্যেকে ছাপিয়ে আলো, কনসেপ্ট টুকরো জ্বালল
ঘরানা না কী-বিকালো ?
আহা, অতি নাটকীয় আর্ট !

দুর্বল মেয়ের মধ্যে তুমি দাবিদার
দর্শকও মনেমনে ফিদা

63

দবাশিস তেওয়ারী চুকনগরের শীতবৃত্তান্ত

দুর্বল মেয়ের মধ্যে তুমি দাবিদার
দর্শকও মনেমনে ফিদা

বা ই-এর বাংলা ইংলিশ

ছোটো হয়ে যাচ্ছে লিঙ্গ

এমনিতে শীত খাঁড়ির কিনারে

গন্ডা-পাঁচেক ইঙ্গ

আঁতাত মেলায় হাত ধরে-যায়

গলতলদেশ পিঙ্গল

এমনিতে শীত খাঁড়ির কিনারে

চোনা-খায় শিবলিঙ্গ

ফুল-বেলপাতা ঝরে পা-য়

ভৃঙ্গির নেশা চড়ে-যায়

নন্দির দশা একেবারে ছেঁড়া কঙ্কাল।

সরু লকলকে ফিঙ্গার

দূরে দেখা-যায় শৃঙ্গ

বাকি সব-শালা কিবলিশ

চামড়ায় ঘষা অঙ্গার

ঘুরে-ঘুরে শিস মারে— ইশ্
মিলমিশ করা অঙ্গে
বালিতে-ইথারে কাঁই হয়ে আছে
'বা' 'ই'-এর বাংলা ইংলিশ।

জন্মদিনের কান্না চাপা

জন্মদিনের কান্না চাপা   ঘর চুপচাপ, রান্না সাবাড়
ফ্ল্যাটের নীচে পড়ে পড়ে কী ঘুম
রাশির রাশি পাত্রী কন্যে   আয়েসি বাপ, হাবড়ি...হন্যে...
দিল-খুশ-হ্যায়, গালের চামে রি-চুম

ঘুম তো ছোটো কনফিউজিং   কর্কট-মন হংসাতে হিং
মাথার প্যানে পাত্রী রান্না-করে
জন্মদিনের সে-আঁচ লেগে   দৃশ্যগুলো প্রকোপ বেগে
ছুটতে-ছুটতে চেঁচিয়ে-ওঠে ঝড়ে

টাইফুন-ঝড়, মন্দ-বিহেভ   চুমুর পরে অদৃশ্য সেভ
খোঁচা-ধরায়, কাটতে তা যা দেরি
তাতে ওদের ফ্ল্যাটের নীচে   স্বপ্ন ভাসে অলস-বিচে
গুডের ওপর প্যানপেনে এক ভেরি

চুমু পালায় মনের মিলে   নোংরা সে-হারমোনিক দিলকে
চাপিয়ে-রাখি চুকসাগরের তেলে

একটা কুসুম, সূর্য পাতা   একটা ঠোঁটে চিহ্ন, যা তা—
রাশির রাশি বাওয়েজ্জাদের সেলে

দার্জিলিং-ও সজাগ

নভেম্বরে শীতের হাওয়া, দার্জিলিঙের ম্যাল...

ইচ্ছেগুলো গায়ে জড়াও কিংবা অ্যাটাচড ক'রে
ফ্রুটি-কালার মরশুম, এর সরষে প্রমাণ আঁচে
লাইন সরে ঘটি-হাতায়, ফ্যাশন-প্রেমিক নড়ে

সে-আঁচ বাঁচায়— চাহিদা কম— লেন্থ-মাঝারি-থাই
—'ইচ্ছে, ওদের গরম দেখাও ?' নিয়ন-আলোর হাই
এই ফুটে-যায় মধ্যকর্ণে— আপস করেন চিন
স্মৃতির ভিতর ব্যাটারি, তার, কয়েক-দফা ভাই
অনেক-বছর কম্বিনেটেড, ভীষণ-বছর ইন
গোলমেলে ধুম ঘণ্টিনাড়ে— দোপাট্টা, চোল্লাই
টিউনিকে ঘোর বিচিত্রিতা, টিউনিক দ্যাটস্ মিনস্...?

সরষে-প্রমাণ ময়দা-আটা, শীতের বহুত ট্রেন্ড

স্টাইল ক'রে তালিকা যায়— উৎসবে ঘি-গজা,
কাঁধের নীচে স্লিভ-কষা আর ব্যাগও কাঁধের নীচে

মর্নিংস্কুল— প্রস্তুত পথ— দার্জিলিং-ও সজাগ।

ঠান্ডা ঠান্ডা কুল কুল

চানটান সেরেটেরে তারপর সুন্দরী ঋতুতে
ঝিলঝিলে ড্রেস দিয়ে বউদিদি আড়ি পাততে যাবে
কাল সারারাত চোখে ঘুম নেই— মেঘলা আকাশ
বাতাস জানিয়ে দেয় তিন-চারটে গুড়ের বাতাসা
একগ্লাস জলে ফেলে কয়েকটা পাতিলেবু চিপে
(কয়েকটা কোয়া) ব্যাস, জম্পেস, ঢোঁক গিলে নিন।

টিপস দিতে-দিতে জল— বাথসল্ট মাত্র দু-চামচ,
তাতেই শরীর ঠান্ডা, সুন্দরী-ঋতুতে ক্যাজুয়াল
রাত জেগে ক্রেপ-করা, স্কিনে ফোটে লাইনারের টাচ
স্কিনও মেকাপ সারে মাসকারাতে জোর পড়ে—নাচ
এরপর রাতের রাতে অনুষ্ঠান— লেবু-চিনি-নুন
ঠোঁটে-গ্লস আর চোখে ওয়াটার-পুরুফ-মেক আপ!
জীবন শুকিয়ে-গেলে চোখের দু-পাশে কালি জমে

ঘুমও আসে না ভয়ে, আবহাওয়া ঠান্ডা হয়— নামে।

শিল্পীরা থ্রিলার দ্যাখে কিংবা রাতে নিশ্চিন্তে ঘুমায়

চোখেও পরে না কালো, ধোঁয়াশায় চোখ জ্বলে-যায়

কনসিলার লাগিয়ে দেখি কালচে-দাগ, ছোপ— ঢেকে-নিল

রাতের কালিমা ঝেড়ে শিল্পী আসে— ঠান্ডা কুল কুল

চোখ যেন আরও বেশ আলগা-হল এমন ঋতুতে

তাহলে শীতই-বা কেন...

হিসেব-কষেছে প্রেম বিয়ে হবে শীতের আগেই
কিন্তু সেই গেমপ্ল্যানে— বিজ্ঞাপন, বিপণন, শেয়ার
দালাল, ক্রিম সকলেই ছিল
ছিল না শুধুই এক আবেগের টুসকানি
কাকে-যে কখন কে প্রপোজ করল তার
কিছুটা বোঝা-ই গেল
বাকি সবই না...
ধোঁয়াশার অন্তরালে মার্কিন মুলুক থেকে ছুটে-আসে
ভবিষ্যত
কর্পোরেট— ড্রিম...
বিয়ে যদি হয় হোক শীত-নয় বসন্তের দিনে
কিন্তু ট্র্যাজেডির খেল শুরু কিংবা শেষ যাই-বলো
তাই বেশ জমে-উঠল
এইবেলা-ওইবেলা-সেইবেলা...
গ্রীষ্ম মানেই শীত, বর্ষা মানেও সেই শীত

শীতে-শীতে বোঝাপড়া, তাই যদি হয়
তাহলে শীতই-বা কেন বাদ যাবে ?

73

দবাশিস তেওয়ারী   চুকনগরের শীতবৃত্তান্ত

শীতে-শীতে বোঝাপড়া, তাই যদি হয়
তাহলে শীতই-বা কেন বাদ যাবে ?

ঝরে-পড়া নগরের রেইন

কুঁচিতে ঘুমরির কাজ গহনায় বাজে
বেঁকেচুরে বুঝে-যাওয়া কঠিন এ-ধাঁচের

ভিতর খানিক ফাঁপা, শেষে ব্লাশ-অন
নোলক-জাতীয় রীতি অলওভার স্ত্রী-ধন...

পুরনো মাঞ্জার সুতো কেটে-দেয় লাইনিং-বেস্
ঝুরঝুরে খেয়ালিমন মুগ্ধতায় বাঁধা। তার পরেকার কেস

'জয়-হো' সাবেকি মেনু। মনোভাব সরু
অন্ধকার— টুকরো কুচি— সিম্ফনির ধোঁয়া ও-উপচে পড়ুক

সঙ্গে সাঁই— বউভাত— ছ্যাঁচড়া, আলুভাজা...
দেখেছে বৃষ্টির দিন, তার জল দিয়ে ভাজা
রোদ্র সহ এক-একে সূর্যদের রাজা

সূর্য হয়তো কারো কাছে পছন্দের ফ্রাই
ভিতরে আইঢাই— প্রাণ, বাইরে তার ওই ইচ্ছেটাই

একঘেয়ে জটিল, কিংবা কম্বিনেটেড
কী-অসাধারণ প্রাণ, হারিয়ে-যেতেছে যার রেট

জরিতে তামার সুতো, মিলমিশ, টুইস্টেড ফালি করে টানা
এ-কথা ভিতরে বাইরে সক্কলের জানা

জানার নানান ফোসকা— এতকিছু কী-দেখে চিনবেন ?
জেল্লাতেই সোনারঙ, ঝরে-যাওয়া নগরের
বাঁকাচোরা ফোঁটা-ফোঁটা রেন

রুক্ষতে ভয় !

শীতের ওপর শান্তিসুপারস্টার
রিহার্সেলে বন্ধুরা যার-যার

তাদের চয়েস আবির-রঙের জমি
ঊর্ধ্বে মিশর, নিম্নে শতেক মমি

একটা সিনে মরুভূমির প্লট
জলের অভাব— তখুনি এক থট

বিগড়ে-আসে, আর কী-বলেন 'শুখা
মরশুম কই ?' বললেন 'ম্যায় ভূখা
হুঁ...'

সহজই নয়, ছন্দে চলাই ভালো
মাথায় বসা পাগড়িটা জমকালো

অ্যাটিচিউড— মিষ্টি মুখ না চুমু!
চোখের পাতায় জড়িয়ে-আসে কুমু...

দু-হাত চুমে দু-হাত জলের আশায়
গরম-বালি হঠাৎ ভালোবাসায়

মাথার উপর মিশর, পাতায় মমি—
ভালোবাসতে চাইছে খোলাজমি

গাগড়ি না-হয় কিরীট খুলেই নাচি,
রুক্ষতে ভয়! রুক্ষ হয়েই বাঁচি।

গন্ধ

ইচ্ছে হাওয়ার গন্ধ লাগে

গন্ধ যারা বোঝে-কী সবকিছু ?

এমন শীতের ঝাপটা-মেখে চাঁদের পিছু-পিছু

ঢেউয়ের যত ওঠানামা— মনের ওঠানামা

ন্যাকড়া-পোড়া-ঘর মুছে-দেয় আলতু-ফালতু আমায়

সেকেলে, তাই ন্যাকড়া দিয়ে চাঁদকে যেমন ধরি

একদফা চাঁদ যায় ডুবে-যায়, স্বপ্ন আশাবরি

ইচ্ছে-ক'রে মশলা বাটে, ইচ্ছে-হ'লে চুলও বেঁধে-নেয়

ঝাপটাগুলো বাড়তে-বাড়তে শুলোক

বাড়ির পাশে ইচ্ছে-হাওয়ায়

ঠ্যাং জ্বেলে-দেয় গরম-তাওয়া

বিচ্ছিরি এক গন্ধ ছড়াক ভূলোক

যখন বাইরে শীত.

সূর্য-আঠার রঙ-টোপানো আলো
স্কিনে এসে স্ক্র্যাবিং করলে তা-ক্ষতি-নয়— ভালো

কুচকুচে চাম, শ্যাম্পু মারা— সমস্যা সব কাটা
বাইরে ব্রণ, ফুসকুড়ি, যার গোড়ালিটাও ফাটা

ঠিক সময়ে রক্ত ঝরায়, রক্ত শীতের দোস্ত
দুখানি পা চোস্ত

হলুদ-দইয়ে ছোলার ছাতু— 'চিরঞ্জী'দের মেয়ে
বিকেল হলে দাপিয়ে-বেড়ায়, বাসমতী-চাল খেয়ে

বাসন্তীদের চাটাই-ঘরে সবুজ-হলুদ মুখ
ইচ্ছে-ড্রেস আর লুকিং-লেসে ওল্টানো তমলুক

তমলুকে খুব বৃষ্টি আসে
মেয়েরা সব হাওয়ায় ভাসে

ভাসতে-ভাসতে পা পেয়ে-যায়, বন্ধু সবাই চিত
বাসন্তী নেই, আমিও নেই— বাইরে তখন শীত

স্টিরিওটাইপ প্রেম

রূপচর্চায় ডাকছি ওকে   স্টিরিওটাইপ প্রোডাক্ট

লোকে

ব্যালেন্সড করে

ডার্ক-কালার বা ক্রিকেল ঝুলে   ফোঁড়ের সাথে বরফকুচি

গুলে

কে বেল্ট পরে ?

স্কার্টের নাম...খন্ড...ঘেরা   ঠোঁটের উপর রমরমা-স্ট্রেট

চেরার

উপর কাটা

স্টেকের ভিড়ে ডিজাইনারের   বাতিক-টা ঝাড়-খাচ্ছে কোনও

বারে

প্রোডাক্ট গা-টা

এই দেখা-দেয় মেটেরিয়াল   ফর্সা তো কী ? একঘেয়ে ওর

গাল

চুমুর খানিক
ই-মেল করে পাঠাই তোকে   ভাল্লাগে না হয়তো কখন
বকেই দিবি,
যা, ডিসিশন-টা ঠিক

ব্যাগ দিয়ে যায় চেনা

শাইলি মেটাল, ভেরি আর্নেট— লাইফের প্লাস্টিক
বুকের ওমে টু-নিউ-কালার্স, জমাটে এক-স্ট্রিট

ফুলদানি নয়, রিকামিং মোর ফ্যাশনেবল-রেড
এক-লহমার-কোয়ালিটি স্পর্শ করল গ্রেড

চকচকে বিগ-বাকেলস, ইজি-লেদার নট-ফ্যাশান
সফিসটিকেড...এরাই শুধু গর্জাস ব্যাগ চান

'ব্যাগ আপনার ইন-ফ্যাশনে, কী-কী কালার...লুকস ?'
ভীষণ ফানি কালার-ক্লাচ, অ্যাফোর্ড করায় সুচ

পুরুষ-সুচে ডেনিম কালার— ট্যাকেট-জ্যাকেট-ট্রেন্ড
পলিউশনের মোড়ক ভাঙেন লোয়ার-সিক্স-হান্ড্রেড

অ্যানাটমির ফিগার ব্যাচে ঝিনচাক ওই রেখায়
পাল্টে-দাঁড়ায় প্যাশন-ফ্ল্যাশের নায়িকাদের এ-কার

ট্যান...চেস্টনাট...ঠিক বলে-দেন—'দেখুন হলিউড
ক্যারি করার ক্লায়েন্ট আছেন, আছেন বলিউড'

আটকে-গেছেন চারুপমা, লেদার-ফ্যাশন অনেক শোনা-গেল
কালার ক্লাসিক...গোয়িং স্টুডেন্ট— উলাল্লাদের হ্যালোয়

উইথ-মেটাল...সিন্থেটিক বা সাউথ-সিটি-মলে
কালেকশনের পাহাড় ধুনছে ম্যান্ডেলা সব্বলে

ডিজাইনের অনার-শপে ঝটিকাদের শাড়ি
একঝলকের হাওয়ায় উড়ছে হাজার-রকম ঝাড়ি

শাড়ির পোঁদে ঝাড়ির গুঁতো— ইশ্‌-শ্‌-শ্‌ ছেলেটারে
টকেট-পকেট, চিরকুটে ঘুম, পঞ্জরে লেটারে

কলজে খেলো পার্টি-লুকিং— ইন্টারভিউ— লিটল-বিট অফ গ্রিন
কালার টপকে হাঁটন-চলন, বাইশ-কা-মেরিন

এক্সিকিউট...লাইক লেদার...ভেজিটেবল ম্যান
হাইলাইটও এসেনসিয়াল...ব্রাউন, ব্ল্যাক অ্যান্ড ট্যান

ট্যানকে খোঁজে ইউনিক-হ্যান্ড, মডার্ন খোঁজেন ক্যারি...
কেমিক্যালের সিরিজ খোঁজেন পটার থেকে হ্যারি

সঙ্কুলে বেশ আফগারি-ওম— এলিগ্যান্টটি বেস্ট
বুকের মধ্যে টাইট-রিলিজ চ্যাকঝিনরা-ই গেস্ট

হাল্কা হাল্কা কুল কুল

কেটে-গেল প্রণামির রোল

লঙ্কা-নুন-তেলে ভাসছে একপদের ঝোল

হাল্কা-ঠান্ডা ঋতুতে শরীর ক্ষয়-হোক

মেয়েদের এই একটি ঝোঁক

প্যাকে তেল, ডিম-দই— সম পরিমাণ

আধঘণ্টা চুলে দিয়ে তারপর চান।

ট্রিম-ক্রিম করতে গেল শীতের সিরামে

ওদিকে চামড়া-কাঁই বিকোচ্ছে বেদামে,

খাবারে-খাবারে মাথা গিলা হয়, ঘোর-টোর কাটে

তাই আটে-ঘাটে

দাঁতকে মজুত রাখতে 'ভিকো'— ভেরি-গুড

খেতে-পারো সিন্থেটিক ন্যাচরাল-ফুড।

রাতের রান্নার তেল বাতের ডায়েটে রাখা-যায়,

যারা একটু-বেশি চিনি খায়—

তাদের শরীর থেকে, চিনি থেকে, ক্যালরিক গুণ—
উড়ে-আসে ধুলো-পাকলা আধচিমটে নুন,
নুনের গুণের কথা বলেছেন স্বামী,
যতই মিলটিল থাক— তবু, হাঁড়ি ভেঙে-যাক
প্রণামি বন্ধুত্ব, নাকি বন্ধুকে প্রণামি...!

হেল্লা-কেল্লা-জেল্লা

চোখের নীচে...হালকা হাওয়ার ছাঁচে

প্রদর্শনীর ধাঁচে গড়া ঝলমলানো কাচে

বাইরে থেকে পাথর দ্যাখে অক্সিডাইসড রূপের মনোরমা

সোনার সাথে সোনা

মরুপ্রদেশ থেকে আনে হাওয়ার বালি...কুন্দনীয় 'গাটি

তো, বেশ পরিপাটি

কটেজ থেকে খবর-এল রঙবেরঙের বাহারি-অ্যাংকলেটে

—'গায়ের চামড়া খানিকটা যাক-কেটে'

এফেক্ট দ্যাখে শাড়ির আঁচল, পিঠের উপর ট্র্যাপ-চোকানো-
আলো

বাইরে আহা, ভিতরটা জমকালো

ঘুপচি-গলির পোশাক দ্যাখে পট্টিশাড়ি

কাঁথাস্টিচ আর হাজার-রকম—'মব্রয়ডারি

নজর ছেড়ে নজর ঘোরে পাথর খসে নেকলেসে ব্রেসলেটে—
জামাকাপড় স্ল্যাং, খানিকটা গায়ের সাথে এঁটে

স্তন-দেখানো বউদিরা আর নায়কদাদার

বাঁ-হাতে বাঁশতলা...

ধঞ্চেখালি পেরিয়ে-দ্যাখে নালার পরে জলা

দৃশ্য তখন মানিয়ে-গেছে— নটিং, জিপার...কাজের

শেরওয়ানি—

সুপার-ডুপার-ধানি

অলিভ-সবুজ...আঁচল-সাদা— মাল্টিকালার— সদ্য ফুলের থোকা

খুকির সাথে খোকা

শপিং-মলে লাটাই হাতে উড়িয়ে-যায় ঘুড়ি

বাড়বাড়ন্ত— পালিয়ে-বেড়ায়—অ্যাকসেসরিজ ট্রেন্ট,

বয়স ? উনিশ-কুড়ি

গতশীতের ক্লিয়ারেন্স সেলে

ফ্যাশন এপিক আর পাচার...বিউটি থেকে সুস্মিতা-রাখিরা
বয়স বেড়েছে জলে, শরীরের ভাষা বোঝে চোখের ঝিলিকে,
তন্ত্রে মেতে-উঠেছিল ফুড-প্রোডাক্ট-পার্লারের সেই কোন হিরা
সংলাপে ছুড়েছে টিল, ভেলোসিটি বইয়ে-দিচ্ছে রেঞ্জ-
কাইনেটিকে

গত ১৮ই মার্চ, মা-কে নিয়ে কলকাতা— ক্লিয়ারেন্স সেলে
টাসেল হারের দাম, রিসলেটে...কিছু ছাড়, গোল্ড-জুয়েলারে...
প্রিয়াদির সাথে দেখা— ৬এ দেশপ্রিয় ঠিকানায় গেলে
একসাথে ঘুরে-নেব হানড্রেড-ফিফটিন ওই ফোর্ড-এনডেভারে

যত ফ্যাশন-শো-হল্ পাবলিসিটি-পোস্টারের মতো আঁকাবাঁকা
দৃঢ় ফ্যাশনিস্ট-শো-এ মিশে-যাচ্ছে রূপরেখা দাগ-দাগ ঘাড়ে
শুধু ট্রান্সপারেন্ট-শার্ট পরিয়ে ছুটেছে রেঞ্জ, পথে লাল-চাকা
পোশাক? ইলিউশন ? প্রয়োজনে সবকিছু খুলে যেতে-পারে

খুলে যাবে ? আরে ছি ছি ! কোনো উপাধিতে নেই স্বতসিদ্ধ লোক
    বাজিকর লেটারপ্রেসের মাল বেছে-নিচ্ছে— যেন অ্যান্টিক
সহোদর' নেমে-গেল— ব্রাইডাল, লাউঞ্জ— সবদিকে লাল কোক
    পোশাকি নামের পাশে বন্ধুত্বের সংজ্ঞাটিও ভারি রোম্যান্টিক

সহজে বন্ধুত্ব হয়, আহা মরি...বেঁচে যাই— স্টাইলে শিফন
    শাড়ির সমস্ত কিছু ট্র্যাডিশন বুঝে-গেছে ওর বান্ধবীও
সৌন্দর্য এসেছে মাঠে, প্লিট-করা আঁচলের নতুন-গড়ন
    কালার, চুমকি না-য় ক্রিস্টাল বসিয়ে-নিলে একেবারে জিও

পয়লা বৈশাখ থেকে নতুন-নতুন স্কিম গোল্ড-ফ্যাক্টরিতে
    মেকিং চার্জে আছে ৪০% ডিসকাউন্ট— স্টকের গয়নাও...
একে-একে দেখে-নেব ক্রিয়েটিভ-ডিজাইন, সেই-গেছি শীতে
    রিল্যাক্স ছুড়েছ...ছোড়ো...ব্লক-প্রিন্টেড-শাড়ি আর বুটিকাও

মায়ের এখনও টানে...ভাইব্র্যান্ট...মেয়েদের সেল-সংবাদে
কাঞ্জিভরম, মাইসোর, ব্যাঙ্গালোর সিল্কের দাম ৩০০ থেকে শুরু
রেডিমেড-সালোয়ার, টাঙ্গাইল, ধনেখালি— মা-র জন্যে বেশি-
    বেশি কাঁদে

ড্যাজলিং-অরা আর মধুমিতা ফেব্রিকে— সে কী বলব ? হেভি দাম গুরু

সীমন্তিনী গাথা

দেড়শো-বছরের রীতি, ডাইরির সে-পাতা
শোনায় মোতির লিস্ট— সীমন্তিনী গাথা

'গাথার কিশোরীচাঁদকে চন্দ্রহার-দে না'
ইংরেজ-পালিত পূজা— হাতে বাউটি ছোন্-পাঁচদানা।
সে-মানানে

একে-একে কাঁধে-চাগে ইচ্ছেদের রঙ
নেশায় মেঘের জরি, মিনাকারি-নকশা তাতে কর্তাদের
আধফোটা ঢঙ

কুৎসিত-পোস্টার সাঁটে
চুকনগরের আংটি— টোনা-শিকলি, পুঁটে-মুখ— আহা, বেশ
খাটে'

ওদিকে অদ্ভুত একটা লুক
স্বামীর অসুখ না-না রামির অসুখ !

অসুখে-বিয়ের দিন আলস্যের কী ছোটা—
তুলসীতলার চাঁদ মানিয়েছে
পোড়-খাওয়া
ইত্যাকার চন্দনের ফোঁটায়

স্নানপর্ব

সরষের তেল মাসাজ মাখায়   বিউটিশিয়ান তেল ঢালো পায়
স্কুলছাত্রের যত্ন প্রয়োজন
হিসেব জটিল যত হচ্ছে   ভালোই রোজ-ওয়াটার সচ্ছে
স্নানের পরে ক্রিম-ই বা লোশন
একদম নয়, কীসব কানুন   অলিভ-অয়েল খানিকটা নুন
দারচিনি বা লবঙ্গদের থেঁতো
ময়েশ্চরাইজ সারাগায়ে   হিসেব দেখায় খানিক আয়ের
রুক্ষত্বকে তবু-উ র‍্যাশ বেরুতো
র‍্যাশের কারণ, সুতোয় বোনা   স্ক্র্যাব করা মন— এইতো
                    ডোনার
মালিশ, বেশি মায়ের মালিশ টানে
শীত এসে-যায়, সেম জমানায় ন্যাংটোপুটো এই খালি-গা
লেপের ভিতর ঢুকল পরের চানে

নুন

চুকনগরের জমির পাশে চুকসায়রের তেল
অল্পচুলের পেখম তুলে দাপিয়ে-বেড়ায় খেল

খেলের মুখে হাঁ-এর বাড়ি, চিজের মুখে রাম
হাসির কোপে উড়ছে, হাওয়ার গন্ডা-পাঁচেক নাম...

সে-নাম যাদের, আকার-আদল কিচ্ছুটি নেই— স্রেফ
বাধার পরে বাধা, ক-টা গলিঘুঁজির ক্রেপ

হাঁটতে-হাঁটতে ঠাকুর দেখায়, হাঁটতে কুমোরটুলি
একশো রাতের খাবার, এখন একশো মাথার খুলি

অচেনা সব বন্ধু, পাশে, ধারাল দাঁতগুলো
বর্শা দিয়ে খোঁচায় আলোর রঙিন-রঙিন তুলো

সে-আলোতে কেউ ভাঙে, কেউ মচকে-গেলেও রাজা—
তুলোর ভিতর মামাবাড়ি— মুহূর্তদের বাজার

সাজের দিন, অন্য সিন— 'চারবিমারি খাও'
এক-এক ক'রে ঢুকছে, 'হাওয়ার ওড়নাটি সরাও'

ক্রেপের পাশে নেত্রী-নেতা, জোটের পাশে আলো—
বাচ্চা-বুড়ো ফায়দা ক'রে এমন কী-জ্বালাল !

কেউ খুঁজে-পায় যুদ্ধবন্দি, কেউ খুঁটে-খায় নুন
রাতের হিসেব কেউ পোঁছে না, বাতাস ছাড়ছে ধুন

এক-এক রাতে এক-আধ-চিমটে নুন

মজার অঙ্ক

খাবলা হাওয়া

সময় নড়ে

বেড়েই চলে

সোনার টিপ

মনের ফাঁকে

রূপকথাদের

অবক্ষয়রা

সঙ্গে ঝাড়ি

ফিকির ওদের

চরিত্রদের

খেলতে নামে

দিনের হাওয়া

হিড়িক বাথান

তেরাস মানে

হাওয়ার ঘাড়ে

সময় যা রে—

আকর্ষণ

রূপোর মন

দমকা ভয়

দেদার ক্ষয়

ফিরবে আজ

ফন্দিবাজ

মন্দ কিম ?

ছন্দ কিল

পোশাক পা-য়

রাত্রে ধায়

ঝুঁকেই পড়

মধুর ঝড়

ফুলকো লুচি
পকেট ঝড়ে
সুতোর ডেলা
পুজোর কুচি
কেকের ভিতর
মজার অঙ্গ

জুঁইয়ের গুঁতো
নড়ছে সুতো
উতোর বেক
কুচোয় কেক
শীতের ধড়
আদর, চড়

হাইপারবোলা

ওদিকে আগুন নেই ও-আড়তে ধূপ-টূপও নেই
টেকো-কাকু মিনমিনে বলে-ওঠে : 'দাঁড়িয়ে কাশুন'
এই হল সত্যি, আর, কোনোদিনও কাশিনি। নেভার।

হুইশেল বাজানো ট্রেন, ধূপ-আনে থামে-প্রহরীরা,
এটাকা-ওটাকা, ছি-ছি ভেঙে-যাচ্ছে স্বপ্নের মামনি!
কাল কী পরশু হবে, পেনডেন্ট এনেছে ওর কাকা
ওদের কনট্রোল ক'রে মোটিভেট— ঠোঁট ঝুল গ্যায়া।

ট্রাই ক'রে হি-হি আর শুকনোপ্রদ কৌতুকের হাসি—
কানেকশনের রাজা খেতে-যায় লাভ ক্রস ক'রে,
কনসাল্ট করেই তিনি বিজি হন— দারুণ! দারুণ!
ফ্যান দেখে মামনিও ফোন করে— হাইপারবোলা।

চুকনগরের বাজেট

অন্তরে ঝড় বাইরে দিনের যুদ্ধযাত্রা সতেজ-তেজ
শক্তুবলা হিসেব কলার এমনি-কী-আর পাচ্ছি গেজ
শর্তভোটের রাস্তা খোলা জোটের দিকেই রাজনীতি
সাজঘরে তাই মিশছে, হাওয়ার উত্তরীয় আর সিঁথি
সিঁথির মাঝে লাল-দুর্গের ভক্ত, যাতে হাতের ছয়
উল্টে-পাল্টে আছড়ে-পড়ল— গাইলে নাকি এমন হয়
হাওয়ার তালে সুর-শলাকায় উপচে-পড়ল সেসব আঁচ
বিজ্ঞাপনের এপাশ থেকে ব্যস্ত মানুষ সাজান কাচ
ঘনিষ্ঠরাও আছাড় খেলেন, সামলে নিলেন ব্যাজার মুখ
ভিতর-বাহির দিচ্ছে হাওয়া— চুকনগরের বাজেট, সুখ

www.ingramcontent.com/pod-product-compliance
Lightning Source LLC
LaVergne TN
LVHW041728190726
843493LV00007B/2260